Petit Lapin Blanc
est un coquin

1. Petit Lapin Blanc
à la maternelle

2. Petit Lapin Blanc
est un coquin

3. Petit Lapin Blanc
veut sa maman

Petit Lapin Blanc
pour
grandir tendrement

4. Petit Lapin Blanc
à la piscine

5. Petit Lapin Blanc
fête son anniversaire

6. Petit Lapin Blanc
est malade

Petit Lapin Blanc
est un coquin

Marie-France Floury
Fabienne Boisnard

Gautier · Languereau

Petit Lapin Blanc aime jouer
à cache-cache.
« Où est passé mon petit lapin ?
demande Maman.
— Coucou ! je suis là ! s'écrie
Petit Lapin Blanc.

— Quel coquin !
À moi maintenant. »

Maman se cache derrière le rideau.
« Où est passée ma petite Maman ?
imite Petit Lapin Blanc.
Elle est là ! Trouvée ! »

À présent, c'est l'heure d'aller
chez César.
« Où sont les clefs de la maison ?
demande Maman.
— Cachées ! rit Petit Lapin Blanc.
— Ce n'est pas drôle ! »

« Il ne faut jamais cacher les clefs,
gronde Maman.
Va vite les chercher mon Petit Lapin ! »
Elles étaient dans les chaussures
de Maman.
« On peut y aller maintenant ! »

En arrivant chez César,
Petit Lapin Blanc sonne et se cache
derrière un arbre.
« Où es-tu passé Petit Lapin Blanc ?
s'écrie César.
— Coucou ! Je suis là ! »

« Bon anniversaire, César !
— Entre vite, on fait la chasse aux bonbons !
Maman les a cachés dans la maison.
— Moi je suis fort pour les cachettes ! »
dit Petit Lapin Blanc.

« J'ai trouvé un œuf au chocolat
dans le pot de fleurs !
dit César la bouche pleine.
— Et moi une sucette dans le tiroir !
crie Petit Lapin Blanc.
— C'est l'heure du goûter »,

annonce la maman
de César.

« Oh ! s'écrie Petit Lapin Blanc,
j'ai oublié le cadeau !
— Mais non, rassure Maman
en secouant le sac à dos.
Qu'y a-t-il là-dedans ?
— Le cadeau ! »

César souffle ses bougies.
Petit Lapin Blanc lui donne
son paquet. Qu'est-ce que c'est ?
Dzoing !
Un diablotin jaillit de la boîte.
« Petit Lapin Blanc, tu es un coquin ! »

Directeur : Frédérique de Buron
Directeur éditorial : Brigitte Leblanc
Maquette : Véronique Tessier
Secrétariat d'édition : Caroline Noudelmann
Fabrication : Caroline Le Page

© 2008, Hachette-Livre / Gautier-Languereau.
ISBN : 978-2-01-225029-1
Dépôt légal Octobre 2009 - édition 03
Loi n°49-956 du 16 juillet 1949
sur les publications destinées à la jeunesse
Imprimé en Malaisie par Tien Wah Press